AF124897

Fußerotik

Dieses Buch enthält Darstellungen von Sex, inklusive diverser Dinge, die nicht von allen Lesern als durchschnittlich angesehen werden.

Dieser Roman ist nicht für Leser unter 18. Jahren geeignet! Für alle anderen, viel Spaß!

Foto: shutterstock.com

Herstellung und Verlag:
BoD - Books on Demand, Norderstedt
ISBN 978-3-7322-7851-0

Einleitung

Kapitel 1: Will auch mal lutschen.

Kapitel 2: Nein, nicht das auch noch!

Kapitel 3: Der Typ vom See

Kapitel 4: Die Füße einer Frau

Kapitel 5: Endlich am Ziel

Kapitel 6: Swingerclub

Einleitung

„Spinnst du?" Fuhr ich erschrocken auf.

Ich war gerade im Garten meiner Eltern. Es war ein sehr schöner Sommertag und genoss diesen, mit meinem Bruder.

„Warum?" Antwortete er fragend.

„Hallo? Du küsst gerade meinen Fuß!"

„Ja und? Was ist dabei?"

„Nochmal Hallo!! Du bist mein Bruder!"

„Stiefbruder!" Kam seine bestimmende Antwort.

„Egal!" Schrie ich und riss meinen Fuß aus seinem Mund.

„Was ist denn in den gefahren?" Dachte ich mir. Klar war ich „nur" seine Stiefschwester aber dies war immer noch kein Grund, mir die Füße zu lecken.

„Was war denn gerade mit dir los?" Fragte ich nach einer gemeinsamen Zigarette.

„Wie alt bist du jetzt?" War seine Gegenfrage.

„Das weißt du doch ganz genau. Achtzehn!"

„Wie lange kenne ich dich schon?"

„Ja, seit dein Papa und meine Mama ein Paar sind!"

„Genau! Und seit diesem Zeitpunkt stehe ich auf dich. Ich wollte dir immer an die Füße!"

Die Züge an der Zigarette wurden immer heftiger. Ich konnte das alles nicht glauben. Mein Stiefbruder wollte an meine Füße?

„Aber warum?" Hauchte ich leise.

„Mann Mädel, die sind so geil. Klein, zierlich und eine wunderschöne Form!"

Ich sah an mir herunter und musste ihm Recht geben. „Jetzt, wo sie auch noch braungebrannt und der blaue Nagellack darauf war, sahen sie wirklich gut aus", dachte ich mir. „Trotzdem, das war mein Bruder, das ginge nicht", beschloss ich sehr schnell. Ich zog mir ein Paar Schuhe an, um ihn nicht noch mehr zu verunsichern und ging in das Haus.

Tagelang musste ich darüber nachdenken. Irgendwie kribbelte es ja schon, als er mir die Füße leckte. „Was war mit mir los?" Dachte ich laut nach, als ich mir selber mein Bein streichelte. Ich musste dem auf den

Grund gehen und beschloss deshalb, beim nächsten Sex, mit meinem Freund, dies herauszufinden.

Genau das tat ich auch. Mein Freund und ich lagen auf seiner Couch und wurden intim. Er war gerade dabei mich zu lecken, da streckte ich ihm einen Fuß entgegen.

„Küss den doch bitte mal!" Bat ich ihn, schon mit dem großen Zeh an seinem Mund.

„Spinnst du? Ich lecke dich aber ganz bestimmt nicht deinen Fuß!" Schrie er und stieß ihn weg.

„Jetzt komm! Mach doch mal!" Bat ich ihn ganz freundlich.

„Schatz. Das ist widerlich!"

„Gut, bei ihm konnte ich meinen neuen Fetisch wohl nicht ausleben", dachte ich mir beim Blasen seines Gliedes.

„Doch mein Bruder?" Schoss es mir beim Kuscheln, durch den Kopf. Ich wollte endlich wissen, ob dies nur eine Phase war, oder ob ich wirklich darauf stehen würde. Ich verabschiedete mich recht schnell von meinem Freund und fuhr nach Hause.

Mein Bruder und zwei seiner Kumpels spielten gerade an der Play Station, als ich das Wohnzimmer betrat. Sechs Augen sahen mich so an, als ob sie noch nie ein junges Mädchen gesehen hätten. Ich saß mich dazu und wollte eigentlich ein bisschen mitzocken. Durfte aber nicht. „Wenn Männer spielen, haben Frauen nichts zu melden!" Sprach sein bester Freund, mit einem Augenzwinkern.

„Na dann wollen wir mal sehen, wer hier gleich spielt?" Dachte ich mir und zog langsam meine Schuhe aus. Barfuß setzte ich mich in den Schneidersitz und spielte selber an meinen Füßen. Langsam glitt der Zeigefinger zwischen die Zehenzwischenräume, mein Daumen streichelte den Fußrücken. Mein Stiefbruder sah mir dabei zu und bekam einen komischen Gesichtsausdruck.

„Wenn du willst, dass das gleich deine Hände sind, schmeiß die Typen raus!" Stand auf dem Zettel, den ich ihm zusteckte.

„Sorry Jungs. Muss morgen früh raus. Geht jetzt bitte." Schallte es fast zeitgleich durch das Wohnzimmer.

Nach ein paar Minuten waren wir tatsächlich alleine und er sah mich ziemlich doof an.

„Jetzt doch? Warum?"

„Na dann wollen wir mal sehen, wer hier gleich spielt?"
Dachte ich mir und zog langsam meine Schuhe aus.
Barfuß setzte ich mich in den Schneidersitz und spielte
selber an meinen Füßen. Langsam glitt der Zeigefinger
zwischen die Zehenzwischenräume, mein Daumen
streichelte den Fußrücken.

„Was meinst du?" Fragte ich und stellte mich dumm.

„Warum darf ich jetzt doch an deine Füße?"

„Frag nicht so viel und mach lieber!"

Das ließ er sich nicht zweimal sagen. Vorsichtig wurden meine Füße genommen und zu seinem Mund geführt. Massiert, gestreichelt, geküsst und gelutscht. Das volle Programm bot er mir. Seine Zunge bearbeitete sie nach allen Regeln der Kunst. Einer war schon völlig nass von seinem Speichel, der andere Fuß wanderte Richtung seiner Hose. Diese große Ausbeulung zwischen seinen Beinen, wollte ich dann doch ein wenig mehr erkunden. Er nahm ihn weg.

„Warum?" Fragte ich leicht verdutzt.

„Das geht dann doch ein wenig zu weit!" Sprach er, noch mit meinem Fuß im Mund.

„Hervorragend! Ich war nass, wie eine Tropfsteinhöhle und durfte nicht." Fluchte ich innerlich.

„Warum geht das zu weit?"

„Du bist immer noch meine Schwester!"

Auf einmal war ich wieder diese. Er hatte seinen Spaß und ließ mich fallen, wie eine heiße Kartoffel.

„Ja gut. Dann geht jetzt deine Schwester in ihr Zimmer und macht es sich selber!" Sprach ich leicht angesäuert und verließ den Raum.

Während ich nackt unter meiner Bettdecke lag, mich selber mit einem Vibrator verwöhnte, dachte ich darüber nach. „Es war wirklich super schön, als er mir die Füße leckte. Es musste aber doch noch mehr auf diesem Gebiet geben", dachte ich mir und machte mich deshalb im Internet schlau.

Kapitel 1: „Will auch mal lutschen!"

Es war der Wahnsinn! Viele Gleichgesinnte waren auf einer Website vertreten. Eine Mischung aus Kontaktanzeigen, erotischen Geschichten, Fotos und Videos war diese Seite. Beim Betrachten dieser Bilder wurde es mir komisch. „Das kann nicht sein, dass ich geil werde beim Anblick von Männerfüßen", dachte ich mir. Ich musste es mir selber eingestehen, es war so! Immer wenn ich welche ansah, kribbelte es am ganzen Körper. Ich druckte ein Bild aus und stellte es mir selber vor, wie es sein würde den Fuß zu liebkosen. Ich war achtzehn, ziemlich hübsch, das sagte mir man jedenfalls nach und wollte mich auf gar keinen Fall auf irgendwelche Anzeigen melden. „Das habe ich nicht nötig", beschloss ich beim Blick in den Spiegel. Aber woher würde ich denn Männerfüße herbekommen, die ich lecken durfte? „Kein normaler Mann steht auf so etwas", dachte ich mir selber. Selbst mein Freund bekam bei diesem Gedanken einen Würgreiz. Aber wenn nicht er, dann vielleicht sein bester Freund. Genau dieser stand bereits schon länger auf mich, dass wusste ich aus sicherer Quelle. Er war nicht der Hübscheste, man könnte sogar sagen, er war hässlich. Dies war aber egal. Ich wollte nicht mit ihm schlafen, ich wollte nur seine Füße. Wie sollte ich es anstellen? Einfach eine SMS mit der Nachricht:

„Komm mal her, ich will Deine Füße lecken", würde nicht gehen.

„Obwohl? Der war so geil auf mich, der würde das bestimmt machen, " glaubte ich.

„Soll ich es wagen, soll ich es nicht wagen?" Überlegte ich mir, schon mit dem Handy in der Hand.

„Hi Tommy. Ich weiß, es ist eine komische Bitte, aber ich würde gerne Deine Füße verwöhnen."

Genauso tippte ich es in mein Telefon. Nicht nur das, ich schickte es auch so weg.

Die Antwort überraschte mich nicht sonderlich:

„Hä? Wer ist denn da? Irgendeine schwule Sau?"

„Ne ich bin es. Svenja. Die Freundin von Deinem besten Kumpel."

„Svenja!!!!" War seine überraschende Antwort.

„Willst Du mich verarschen, Svenja?" Kam nicht viel später, eine weitere Nachricht von ihm.

„Ne echt nicht. Du hast echt schöne Füße und die würde ich gerne verwöhnen."

Ich wusste gar nicht, ob er schöne hatte. Woher auch?
War mir aber auch egal, ich wollte einfach
irgendwelche.

„Wie verwöhnen?"

„Massieren, streicheln und so halt."

Die Worte „lecken" und „daran lutschen" ließ ich lieber
weg. Ganz verunsichern wollte ich ihn dann doch nicht.

„Nur das, oder willst Du auch mehr mit mir machen☺?"

War klar. Gibt man einem Mann den kleinen Finger,
nimmt er die ganze Hand.

„Du weißt doch, dass ich einen Freund habe. Ich würde
so gerne, aber das geht halt leider nicht." Log ich ihn
an.

Die Schreiberei zog sich noch weit bis in den Abend und
ich begann, die Lust zu verlieren.

„Pass auf! Entweder Du kommst morgen zu mir und ich
verwöhne Dir die Füße oder wir lassen es ganz. Habe
echt keinen Bock mehr, mir weiter Deine Phantasien
anzuhören. Tschau Svenja."

Was hatte er nicht alles geschrieben. Das Meiste war ja
echt ganz gut, nur konnte ich ihm das natürlich nicht

sagen. Vieles schrieb ich mir auf, um es gelegentlich mal bei meinem Freund zu erwähnen.

Hatte meine Drohung gewirkt? Ich war echt gespannt und wartete voller Ungeduld im Wohnzimmer auf ihn. Tatsächlich, pünktlich wie die Maurer stand er mit offenem Mund in der Tür.

„Mann schaust du gut aus!" Hauchte er mir entgegen.

„Wäre echt cool, wenn ich das auch behaupten könnte", dachte ich mir. Ein kleiner, etwas pummeliger Typ stand vor mir. Seine Haut glänzte von dem ganzen Fett und seine großen Pickel waren kaum zu übersehen.

„Danke, du auch!" Log ich ein weiteres Mal.

Ich sah ihn mir nochmal genauer an und konnte wirklich nichts erkennen, was mir nur ein bisschen gefiel.

„Und du willst jetzt wirklich meine Füße verwöhnen?" Fragte er mich auf dem Weg zum Sofa.

Ja, das war echt eine gute Frage. Sollte ich das wirklich machen. Einen unattraktiven Mann die Füße lutschen. Ich wusste gar nichts mehr. Weder was in den letzten Wochen mit mir los war, noch ob ich das wirklich wollte. Er nahm mir meine Entscheidung ab indem er sich seine Schuhe und Socken auszog. Barfuß lag er auf meiner Couch und wartete, dass es losging.

„Er war scheiße, seine Füße nicht." Das konnte ich jetzt erkennen. Schuhgröße 43, gepflegt und einigermaßen braun, so sahen sie aus. Ich nahm einen in die Hand und streichelte ihn ein wenig. Nach sehr kurzer Zeit roch ich einen etwas süßlichen Geruch.

„Was ist das denn?" Fragte ich leicht gedankenversunken.

„Ich denke, das sind meine!" Grinste er mich an.

„Wie deine. Deine was?"

„Ja meine Füße natürlich. Die waren heute den ganzen Tag in Turnschuhen!" Versuchte er den bestialischen Geruch zu verteidigen.

„Boh, wie widerlich. Geh die waschen, sofort!" Schrie ich ihn an.

Ich kannte so einen Geruch nicht. Weder bei mir, noch bei jemand anderen hatte ich so etwas zuvor gerochen. Mir wurde es kotzübel und öffnete deshalb das Fenster.

„Warte, bin gleich wieder hier. Geh nur kurz ins Bad." Sprach er und verschwand aus dem Zimmer.

Gut, eines wusste ich jetzt. „Füße mit Geschmack", so wie sie in vielen Anzeigen angeboten wurden, waren nichts für mich. Gar nichts!

Nach, der von mir geforderten Körperpflege, kam er wieder und setzte sich abermals auf die Couch. Genau da, wo wir vor ein paar Minuten abrupt unterbrochen wurden, fing ich wieder an. Seinen linken Fuß setzte ich auf meinen Oberschenkel ab, den Rechten umschloss ich fest mit meiner Hand. Langsam streichelte ich über seinen Fußrücken und massierte mit meinen Fingern etwas später jeden seiner Zehen. Ihm schien es zu gefallen und auch mir war das nicht unangenehm. Nach einer Viertelstunde, in der ich auch den Zweiten verwöhnte, wollte ich nun endlich auch das machen, für was er eigentlich hier war. An seinen Füßen lecken! Ungefragt nahm ich einen und führte ihn zu meinem Mund. Sein großer Zeh verschwand recht zügig und wurde von meiner Zunge liebkost. Wie wenn ich einen Schwanz blasen würde, waren die Bewegungen. „Gut, das war schon mal nicht schlecht", dachte ich mir. Jetzt wollte ich mehr. Mit weit aufgerissenem Mund, versuchte ich nun den ganzen Fuß zu verschlingen. Nicht ganz, aber fast gelang es mir. Auch er genoss dieses Schauspiel und schob nun immer fester. Rein und raus, waren die Bewegungen. In den kurzen

Zeiträumen, in denen er nicht ganz in meinem Mund war, wurden die Zehen von meiner Zunge gelutscht.

„Scheiße, ich werde geil." Waren dabei meine Gedanken. Auch er konnte die Beule zwischen seinen Beinen nicht mehr vertuschen. Den Fuß, der nicht gerade gelutscht wurde, führte ich zwischen meine Beine.

„Streichle mich damit ein wenig!" Forderte ich ihn auf.

Er tat es. Durch meine Jeans spürte ich das Drücken. Fester und immer fester, drückte er zu. Mit einem Fuß im Mund, einen zwischen meinen Beinen, überlegte ich, wie es denn weitergehen sollte. Auf der einen Seite war ich ziemlich geil, auf der anderen war er überhaupt nicht mein Typ. Jetzt mit ihm zu schlafen, konnte ich mir echt nicht vorstellen.

„Scheiße, was mache ich jetzt nur?" Hämmerte es in meinem Kopf.

Er zog seinen Fuß aus meinem Mund, richtete sich auf und wollte mir gerade einen Kuss geben.

„Ne, lass das. Habe einen Freund, das mache ich nicht." Kam energisch meine Reaktion.

Dass meine Argumentation nicht gerade die Beste war, wusste ich selber, somit konnte ich sein ratloses Gesicht sehr gut verstehen.

„Ich wollte deine Füße verwöhnen, nicht mit dir schlafen!" Versuchte ich mein Verhalten zu rechtfertigen.

„Aber ich bin jetzt so geil!" Platzte es aus ihm heraus, wie der Pickel auf seiner Stirn.

Mit jedem anderen hätte ich geschlafen, nicht aber mit dem.

„Kann ich auch nichts dafür. Geh kalt duschen oder sonst was!"

„Aber??"

„Beeil dich. Mein Bruder und mein Freund kommen gleich, wenn die dich hier so sehen, dann gute Nacht."

Die Drohung wirkte sehr gut. Innerhalb kürzester Zeit war er wieder angezogen und verließ das Haus.

„War echt geil!" Waren meine Gedanken, als ich wieder alleine war. Wäre er ein bisschen hübscher gewesen, ich hätte mir das durchaus vorstellen können. Eines musste ich mir nun endgültig eingestehen: „Ja, ich stehe auf Füße. Sei es aktiv oder passiv."

Kapitel 2: „ Nein, nicht das auch noch!"

Nach längerem Überlegen, fand ich meinen Fetisch gar nicht so schlimm. „Manche stehen halt auf das und die anderen auf etwas anderes", dachte ich mir. Mein Freund konnte nach wie vor damit nichts anfangen und somit schlief das Ganze ein wenig ein. Mein „Stiefbruder machte ebenfalls keine Anstalten mehr, denn er war frisch verliebt. Jeden Tag war nun seine neue Flamme bei uns und ging ein und aus. Gerade mal ein Jahr älter war sie und eine wirklich Hübsche. Schwarze gelockte Haare, klein und zierlich. Auch ich verstand mich mit ihr blendend und es entwickelte sich mit der Zeit eine echte Freundschaft. Gemeinsam verbrachten wir viel Zeit miteinander. Auch an einem ganz besonders denkwürdigen Tag.

Mein Bruder, seine Freundin und ich sahen uns gemeinsam ein Fußballspiel an bzw. ich versuchte es. Die ganze Zeit schweiften meine Blicke zu ihr. Sie lag, eingekuschelt in seinem Arm, auf der Couch. Ich saß in einem Sessel neben ihnen. Immer und immer wieder, musste ich zu ihr schauen.

„Verdammt noch mal. Jetzt klotz nicht andauernd ihre Füße an!" Beschimpfte ich mich selber innerlich.

Diese waren aber auch wunderschön. Barfuß, leicht mit einer Jeans verdeckt, konnte ich sie sehen. Etwas kleiner als meine waren sie, die Nägel ebenfalls mit einer sehr schönen Farbe lackiert. Völlig in Gedanken, bekam ich überhaupt nicht mit, dass das Handy meines Bruders läutete.

„OK, Boss dann komme ich halt gleich auf die Baustelle!" Fluchte er leise in das Telefon.

„Schatz, Sorry. Ich muss dort hin, ist echt wichtig." Versuchte er seine Freundin zu beschwichtigen.

„Immer der selbe Scheiß. Ich wollte einen gemütlichen Abend mit dir und du musst wieder zur Arbeit." Fluchte sie ihn an.

Er fing das Überlegen an. Ich kannte meinen Bruder. „Der hat jetzt ein schlechtes Gewissen und versucht sich gleich freizukaufen!" Machte ich eine Wette mit mir selber.

„Schau Schatz. Es ist jetzt 19.00 Uhr. Die Geschäfte haben noch auf. Magst dir ein Paar Schuhe kaufen. Hier hast Geld!" Säuselte er ihr entgegen.

„Bingo. Gewonnen!!" Frohlockte es in mir.

Er hatte keine Zeit mehr um weiter zu diskutieren und legte das Geld auf den Tisch.

Fassungslos schaute sie mich an und fragte, ob ich nicht Lust hätte mitzugehen.

„Ja klar. Komm lass uns die Kohle von meinem Bruder auf den Kopf hauen." Sprach ich und stand bereits fast in der Tür.

Sie war sich nicht ganz sicher, welche Schuhe sie kaufen sollte. Für diesen Betrag war auch nichts Großartiges zu erwarten und so brachte ich ihr immer wieder verschiedene zum Probieren. Sie saß auf dem Stuhl, ich war gekniet vor ihr und half in die Schuhe.

„Mein Gott sind die schön!" Dachte ich mir als sie gerade in ein Paar High Heels schlüpfte. Mit ausgestrecktem Bein wurden die Schuhe begutachtet und für schön befunden.

„Ich glaube, die nehme ich. Da geht dein Bruder ab, das weiß ich jetzt schon!" Sprach sie mit einem Grinsen im Gesicht.

„Nicht nur der!"

Sie schaute mich entgeistert an.

„Habe ich gerade gesprochen und nicht gedacht",
überlegte ich mir.

„Wie, nicht nur der?" Meinte sie.

„OK, ich habe es tatsächlich ausgesprochen!" War mein
Gedanke, als ich mir überlegte, wie ich aus der
Nummer wieder rauskam.

„Ich meine, schaut echt super-gut aus." Versuchte ich
irgendwie meinen Spruch zu erklären.

„Aha??!!" War ihre knappe Antwort.

An der Kasse, auf dem Weg zum Auto und auch auf der
Heimfahrt wurde nicht viel gesprochen. Es lag eine
komische Stimmung zwischen uns. Nach fast zwei
Stunden, in denen wir wortlos einen Film anschauten,
sprudelte es aus ihr heraus.

„Ok. Jetzt mal ehrlich. Was sollte der Spruch von
gerade bedeuten? Und jetzt die Wahrheit sagen!"
Schoss es mir entgegen.

„Was sollte ich sagen? Die Wahrheit? Das ich am
liebsten ihre Füße küssen möchte? Da ich die so
wahnsinnig geil finde?"

„Ja komm raus mit der Sprache. Nicht so lange
überlegen!" Fuhr sie mich ein weiteres Mal an.

„Auf sie mit Gebrüll!" War meine Entscheidung.

„Du willst wissen was los ist? Ok, ich sage es dir. Immer wenn ich deine Füße ansehe werde ich super geil. Ich weiß auch nicht warum, es ist aber so. Ich finde die so unglaublich schön und sexy. Ich will sie einfach berühren, liebkosen, streicheln und küssen. Jetzt kannst von mir aus zu meinem Bruder laufen und ihm alles petzen. Aber jetzt ist es raus!"

„Du bist so was von unglaublich blöd!" War ihre knappe Antwort.

Ich hatte mit viel gerechnet, aber nicht mit so etwas.

„Warum bin ich blöd?" Fragte ich leicht angesäuert.

„Weil du nichts gemerkt hast. Darum bist du doof. Hast nicht mitbekommen, dass es mir genauso geht. Immer wenn du barfuß durch das Haus springst, gehen bei mir die Pferde durch."

„Wie, du meinst?"

Sie zog ihre Schuhe aus und deutete auf den Nagellack.

„Fällt dir etwas auf? Das ist deiner. Den habe ich dir geklaut um mir genauso die Nägel lackieren zu können".

„Scheiße, da hatte sie Recht. Das war genau meine Farbe."

„Und noch was? Fehlt dir nicht irgendetwas?" Fragte sie ein weiteres Mal.

„Was meinst du?"

„Deine schwarzen Ballerinas. Vermisst du die nicht?"

Bevor ich überlegen konnte, kam auch schon die Antwort.

„Die liegen bei mir zu Hause, nicht nur das. Ich rieche sehr oft daran und mache es mir dann selber."

Jetzt war ich mal so richtig baff und konnte eigentlich nur noch stammeln.

„Und mein Bruder, was ist mit dem?"

„Dein Bruder ist echt ein cooler Mann. Den liebe ich schon sehr, aber ich stehe auch auf Frauen."

Ich musste mich setzen.

Genau die Taktik, die ich selber noch vor ein paar Minuten fuhr, hatte sie nun. „Alles auf eine Karte setzen und voller Angriff!"

„Darf ich dir die Schuhe ausziehen?" Fragte sie mich während ich noch in einem Schockzustand war.

Ich schaute auf den Boden. Sie kniete bereits und hatte einen Schuh schon in der Hand.

„Ja klar!" War meine erfreute Antwort.

Das ließ sie sich nicht zweimal sagen und strich die Turnschuhe von meinen Füßen.

„Kann aber sein, dass die ein wenig riechen!" Gab ich ihr noch auf den Weg. Dies war egal. Sie hatte bereits meinen großen Zeh in „Bearbeitung". Langsam leckte und lutschte sie an ihm.

„Gott war das geil!" Schrie ich innerlich. Ich nahm meinen anderen Fuß und streichelte damit ihr schönes Gesicht. Stirn, Wangen, Hals und Kinn wurden damit liebevoll berührt. „Sollte ich es wagen? Sollte ich wirklich mit meinem Fuß an ihren Busen gehen?" Schoss es mir durch den Kopf. Anscheinend sah sie meine Verunsicherung und übernahm selber das Kommando. Mit beiden Händen nahm sie ihn und ging damit unter ihr T-Shirt. Zuerst wurde der Bauch gestreichelt, dann ging es ein wenig höher. Mein Fuß an ihrer Brust. Der Wahnsinn. Ich spürte ihre harten Nippel, als sie damit das Reiben anfing. Ich war so was von erregt. „Wie kann mich eine Frau so geil machen?"

Überlegte ich mir beim Öffnen meiner Hose. Gerade wollte ich den Reißverschluss nach unten ziehen, da hörte ich Schritte im Hausflur.

„Scheiße, mein Bruder!" Schrie ich sie an.

Wie von der Tarantel gestochen, stand sie auf, richtete ihr Shirt und reichte mir die Schuhe. Wie zwei kleine, brave Schulmädchen saßen wir auf der Couch und begrüßten ihn.

„Hallo, mein Schatz. Hat doch nicht so lange gedauert. Habt ihr noch Schuhe gekauft? Fragte er mit einem Küsschen.

„Ja schau. Die sind doch geil, oder?"

„Nicht schlecht, fehlt nur etwas?" Grinste er rotzfrech.

„Was fehlt an diesen Schuhen, du Sack?" Fragte ich leicht genervt. Diese hatte schließlich ich ausgesucht.

„Mein Sperma!" Kam es trocken.

Ein müdes Gähnen entwich meinem Mund.

„Können wir gerne machen!" Sprach genau die Frau, die gerade noch meinen Fuß an ihrer Brust hatte.

„Was wird denn hier gespielt?" Fragte ich doch sehr verwundert, als er gerade in der Küche war.

„Sorry. Du hast mich so geil gemacht. Ich muss jetzt Sex haben." Bat sie um Entschuldigung.

Ihr Stöhnen konnte ich noch in meinem Zimmer hören. Alles hätte ich gegeben, dass ich jetzt mit meinem Bruder tauschen könnte.

An diesem Abend konnte ich sie nicht mehr zur Rede stellen, erst am darauffolgenden Morgen. Man sah ihr schlechtes Gewissen schon von weitem. „Ja, ich weiß, habe Dich gestern ziemlich hängen lassen." Sollte es mir sagen.

Ohne ein Wort zu verlieren, verschwand ich aus der Küche und ließ die beiden Turteltäubchen alleine.

„Was ist denn los, Schwesterchen!" Hörte ich noch hinter mir.

„Nix!"

„Ja wenn nix ist, kannst ja auch mitkommen!"

„Wohin?"

„Zum See. Ist geiles Wetter heute!"

Na super. Ich war immer noch total geil und sollte jetzt zum Schwimmen mitkommen? Einen halben Tag, das Objekt meiner Begierde, im Bikini sehen? Nein Danke!

„Jetzt komm mit!" Hauchte mir eine süße Frauenstimme ins Ohr.

„Und was bringt das?" Fauchte ich ihr entgegen.

„Ich bin genauso geil auf dich, wie du auf mich. Ging aber gestern halt nicht. Kann auch nichts dafür."

Da nun auch mein Bruder sich in das Gespräch einmischte, konnte ich nicht länger nein sagen.

„Gut, dann komme ich halt mit!"

Auf dem Weg zum See, stapfte ich ihnen, wie ein kleines Kind, hinterher. Die beiden händchenhaltend zu sehen, war jetzt wirklich nicht ganz einfach. Ich konnte es immer noch nicht so ganz verstehen. „Was war mit mir los? Das ist eine Frau!" Hämmerte es immer und immer wieder in meinem Kopf.

Gott sei Dank war der Fußmarsch bald zu Ende und wir fanden einen guten Platz, direkt am Wasser. Jetzt lag ich da. Sie in einem wunderschönen Bikini mit den geilsten Füßen die ich je sah. Als ob das nicht schon gereicht hätte, fing mein Bruder an, diese zu streicheln. Ich sah dabei zu und wusste nicht mehr was ich machen sollte. „Aufspringen, ihn wegstoßen und selber daran spielen!" War nur einer meiner vielen Gedanken.

„Geh kurz auf die Toilette!" Sprach ich leise, als er gerade dabei war, ihr den großen Zeh zu lutschen.

„Warte ich komme mit, muss auch mal!" Schrie seine Freundin und stand sofort auf.

„Dass Frauen immer zusammen aufs Klo gehen müssen, werde ich nie verstehen." Sprach mein ungläubiger Bruder.

„Musst du auch nicht Schatz!"

Jetzt ging ich händchenhaltend mit ihr. Zwar nur kurz, denn die Toiletten waren recht nah, aber immerhin.

„Gut, aber was würde schon großartiges passieren, in einem öffentlichen Klo?" Schoß es durch meinen Kopf. So wollte ich meine Erwartungen selber ein wenig bremsen.

Wir gingen in das Häuschen und natürlich war alles besetzt. Bis auf eine Toilette.

„Ja komm, dann gehen wir halt zusammen!" Sprach sie leise zu mir.

„Jetzt ihr auch noch beim Pinkeln zu sehen, ganz geil!" Dachte ich mir.

„Oder hast ein Problem damit?"

„Ne schon OK!" Antwortete ich und bat sie voraus zu gehen.

Frauen sind auf öffentlichen Toiletten genauso Schweine wie Männer. Diese sah unter aller Sau aus.

„Ne, echt nicht. Da mach ich lieber ins Wasser!" Sprach ich, als ich in die verschissene Schüssel sah.

„Würde ich auch am liebsten. Muss aber so dringend!" Antwortete sie und strich sich ihr Höschen zur Seite.

Eigentlich mehr in der Hocke, lies sie es laufen. Mir war dies etwas peinlich und so drehte ich mich zur Seite.

„Kannst ruhig zusehen!"

Ich drehte mich wieder um und sah ihre rasierte Muschi, aus der Urin floss.

„Finde ich das jetzt geil, oder eher nicht?" Überlegte ich mir. So richtig konnte ich meinen Gedanken gar nicht zu Ende denken. Sie nahm einen meiner Füße und führte ihn unter das warme Nass.

„Und wie findest du das?" Fragte sie mich, während die letzten Tropfen kamen.

Bevor ich etwas sagen konnte, hatte sie schon eine weitere Idee. Sie nahm genau den Fuß, auf den sie gerade noch gepinkelt hatte und führte ihn zu ihrem Mund. Langsam schleckte sie ihren eigenen Urin von meinen Füßen. Das Lutschen fand ich schon sehr geil, alles andere weniger.

„Hör bitte auf damit!" Sprach ich und zog meinen Fuß aus ihrem Mund.

„Warum?" War die erstaunte Antwort.

„Ich finde das echt ekelig!"

„Du bist noch lange nicht soweit!" Sagte sie, stand auf, zog sich das Höschen wieder an und verschwand grußlos aus der Toilette.

„Mag sein!" Ich wollte aber auch nie lesbisch werden, sondern nur ihre Füße lecken". Waren meine Gedanken auf dem Weg zurück.

Aus irgendeinem Grund sprach sie nicht mehr mit mir. Nicht an diesem Nachmittag und auch nicht an den darauffolgenden Tagen. Immer wenn sich unsere Wege zufällig kreuzten, huschte sie an mir vorbei. Mir wurde dies einfach zu blöd. Vor kurzem pinkelte sie noch auf meine Füße und jetzt konnte sie mich nicht mal grüßen. Recht bald verschwand sie ganz aus meinem Leben, denn auch mein Bruder erkannte wohl ihre launische Art und trennte sich von ihr.

Kapitel 3: Der Typ vom See.

Die Trennung brachte mich keinen Schritt weiter. Nach wie vor stand mein Wunsch auf Fußerotik auf der Liste. Mir war es auch egal, ob es männliche oder weibliche Füße waren. Hauptsache Füße, an denen ich spielen konnte. Aber woher nehmen wenn nicht stehlen. Mein Freund war nach wie vor von dieser Idee nicht besonders angetan und meinen Bekanntenkreis wollte ich mit dem neuen Fetisch nicht belästigen. Sollte ich doch im Internet auf die Suche gehen? Ich war mir nicht ganz sicher und wollte mir das in Ruhe durch den Kopf gehen lassen. Auch nach ein paar Tagen konnte ich noch nicht die entscheidende Idee verbuchen.

„OK! Dann mach ich es halt!" Beschloss ich und fuhr den Rechner hoch. Da ich noch überhaupt keine Erfahrungen auf diesem Gebiet hatte, wollte ich nicht gleich zu den „Profis", sondern es erst ganz langsam angehen lassen.

„Kontaktanzeigen/Fetisch/Er sucht Sie!" Stand auf der von mir ausgewählten Seite. „Suche ich das überhaupt oder doch lieber eine Frau?" Überlegte ich mir beim Durchlesen der Anzeigen. Irgendwie konnte ich mich gar nicht so richtig auf diesen Gedanken konzentrieren, so war ich von diesen Anzeigen fasziniert. Einer suchte jemanden der ihn anpisst, ein anderer wollte ausgepeitscht werden. „Echt krass, da hatte ich mit meinem Feti ja noch echt Glück, " dachte ich mir.

„Anzeige kostenlos aufgeben." Stand oben rechts auf meinem Bildschirm. „Sollte ich das wirklich machen? Eine eigene Anzeige schalten?"

„Ach komm, Scheiß drauf!" Beschloss ich und gab folgenden Text ein:

„Hi. Ich bin Svenja 18. Jahre alt und suche auf diesem Weg Leute, die mich in den Bereich Fußerotik einführen. Bitte melden!"

Was ich alles für Antworten bekam, möchte ich nicht erzählen. Nur so viel. Einige waren schon sehr nahe an der Gürtellinie. Trotzdem bekam ich auch welche, die mehr meinen Ansprüchen genügten. Eine gefiel mir sogar sehr.

„Hallo, mein Name ist P., bin 19 Jahre alt und komme aus derselben Stadt wie Du. Auch ich habe diesen Fetisch. Schon immer wollte ich das ausprobieren. Falls Interesse bitte melden.

Das Alter und der Wohnort passten schon mal und so wollte ich auch mehr über ihn erfahren. Das Bild, dass er mir mailte, gefiel mir ebenfalls.

„Was hast Du denn für besondere Träume?" Fragte ich ihn, als er mir ein weiteres Bild schickte. Auf dem war er nackt, ich konnte alles sehen. Ein wirklich attraktiver Mann war er. Trainiert und auch sein Glied war der Hammer. Es war genau das, was ich immer von meinem Freund verlangte, rasiert.

„Scheiße, hoffentlich verliebe ich mich nicht in den. Das könnte schon durchaus passieren", dachte ich beim wiederholten Betrachten seines Bildes. Schien mein Glückstag zu werden. Ein attraktiver Mann, der dazu noch auf Füße steht. So einer war nicht leicht zu finden und deshalb musste ich ihm schon etwas bieten", dachte ich mir.

„Das mir eine Frau, mit ihren Füßen einen runterholt!" War seine direkte Antwort.

Der Gedanke war schon geil, nur machte er mir auch ein wenig Angst. Noch nie hatte ich das gemacht, geschweige denn geschafft.

„Ja klar, kann ich machen. Habe ich schon öfters getan und es auch immer geschafft, den Mann zum Abspritzen zu bekommen!" Log ich in einer der letzten Mails.

„Ja super. Da habe ich mal wieder richtig mein Maul aufgerissen. Noch nie war mein Fuß an einem Glied und trotzdem machte ich solche Versprechungen."

Es gab zwei Möglichkeiten. Erstens, ich sage alles ab und verliere einen hübschen „Sexpartner" oder ich ziehe die Sache durch. Ich wollte unbedingt mit ihm Fußerotik machen und entschloss mich deshalb für letzteres. Einige Gedanken kreisten mir noch durch den Kopf, als ich in die Küche ging, um eine Gurke zu holen.

„Na dann wollen wir mal ein wenig üben!" Sprach ich zu mir selbst, als ich meine Socken auszog. Zuerst streichelte ich das ganze Gemüse damit, dann nur den oberen Teil. Beide Füße umschlungen nach einer gewissen Zeit die komplette Gurke und fuhren auf und ab. Richtig anstrengen musste ich mich, nach nur ein paar Minuten gab ich entkräftet auf. Ein Krampf beendete den Versuch, das Gemüse glücklich zu machen.

„Naja, so richtig gut war das ja nicht!" Gab ich mir selber die vernichtende Kritik. So konnte ich mich nicht mit ihm treffen, da würde ich mich total blamieren. Was sollte ich machen? Die Wahrheit ist immer das Beste, dies hatte mir meine kurze Lebenserfahrung bereits gezeigt.

„Du sorry, ich habe Dich angelogen. Ich stehe zwar total auf Füße, habe es aber noch nie gemacht. Würde Dich aber gerne damit beglücken!"

War meine Entschuldigungs-Mail an ihn.

Zwei Tage war mein Postfach leer, keine Nachricht von ihm. Immer wieder schaute ich nach und wurde trauriger. Selbst mein Freund erkannte den Stimmungswechsel und das bedeutete schon einiges. Nichts bekam der sonst mit. Selbst ein Friseurbesuch wurde nicht erwähnt. Als meine Stimmung auf dem Tiefpunkt war, doch eine Mail von ihm:

„Hallo. Ich kenne Dich nicht, ich weiß noch nicht mal wie Du ausschaust und angelogen hast Du mich zudem. Warum sollte ich mich jetzt noch mit Dir treffen?"

„Na gut sauer war er, dass konnte man durchaus lesen. Nichts mehr hatte ich zu verlieren und ging deshalb in die Vollen.

„Weil Dein Sperma, das Erste auf meinen Füßen wäre. Deshalb! Hier genau will ich es drauf haben."

Schrieb ich und hing ein Foto von meinen Füßen an.

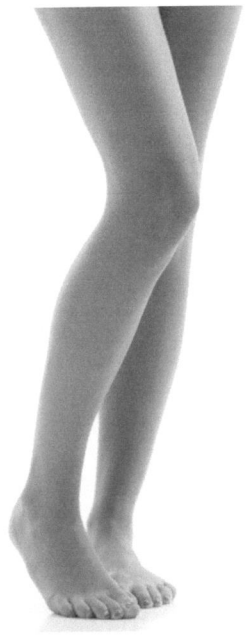

„Weil Dein Sperma, das Erste auf meinen Füßen wäre.
Deshalb! Hier genau will ich es drauf haben.“

Diese Mail hatte ihn wohl überzeugt, denn es kam eine Antwort, die ich nicht mehr für möglich hielt.

„OK. Morgen um 14.00 Uhr auf dem Parkplatz am See."

Dieser Ort war in „Fachkreisen" als „Fickplatz" bekannt, das wusste ich bereits. Mehrere uneinsehbare Gebüsche waren dort und man konnte sich ungestört näher kommen.

„Ja gerne. Werde da sein!" War meine letzte Mail an ihn.

Die ganze Nacht konnte ich nicht schlafen, so aufgeregt war ich. Auch dies wurde von meinem Freund erkannt. Ein Wunder!

„Was ist los Schatz?" Fragte er mich, als er das Nachttischlämpchen anmachte.

„Kann nicht schlafen!"

„Kein Wunder, bei so einem Mann, der neben dir liegt!"

Bevor ich etwas sagen konnte, nahm er auch schon meine Hand und führte sie zu seinem Glied.

„Wenn du schon nicht schlafen kannst, können wir die Zeit ja auch nutzen!" Grinste er mich an.

„Ne Schatz, lass mal bitte. Habe keine Lust!" Sprach ich und nahm meine Hand von seinem Schwanz.

„Ach komm! Ich bin so geil!"

„Nein, ich habe keine Lust!" Wiederholte ich meine Worte, diesmal etwas energischer.

Die ganze Zeit musste ich an den nächsten Tag denken. Der fremde Mann, den ich mit meinen Füßen wichsen sollte. Das war ein Gedanke, der mich geil machte, nicht aber mein Freund, der immer nur das Selbe wollte.

„Ach komm Schatz, blas mir doch bitte einen!" Winselte es neben mir.

Genau das war es, was ich meinte. Immer nur blasen, lecken und danach vögeln. Nichts Neues, nichts Einfallsreiches.

„Wenn du mir die Füße massierst, blase ich dir einen!" War mein Gegenangebot.

„Schon wieder das mit den Füßen. Hast immer noch den Floh im Ohr?" Fragte er leicht genervt. Er wusste, dass die Chancen auf Sex, sehr gering waren.

„Das ist kein Floh in meinem Ohr! Finde das halt schön!" Sprach ich ebenfalls leicht angesäuert.

Er sah mich an und konnte es nicht so richtig glauben, dass ich wirklich mal sauer sein konnte. Das kannte er nicht von mir und erschrak ein wenig.

„Na dann gib mal her!" Sagte er und nahm sich einen Fuß.

Wie einen alten Knochen betatschte er meinen Fuß. Man merkte schnell, dass die ganze Sache ihm keinen Spaß machte. Minuten vergingen, in denen er auch nicht mehr Ehrgeiz entwickelte. So brach ich ziemlich schnell ab.

„Was ist los, gefällt dir meine Massage nicht?"

„Nein!" War meine knappe Antwort.

„Warum nicht?"

Ich richtete mich auf, griff zwischen seine Beine und rieb an seinem Schwanz. Ganz fest drückte ich zu, er schrie auf.

„Deshalb!" Bei deiner sogenannten Massage war kein Gefühl dabei. Nur grobe Gewalt. Und jetzt gute Nacht."

Ich war so was von sauer.

„Entschuldigung Schatz! Du hast Recht! Echt! Liebling komm, bitte nicht böse sein!" Hauchte er mir ins Ohr.

Ich sah zu ihm auf und musste lachen. Eine rote Rose hatte er zwischen den Zähnen und bat um Entschuldigung.

„Na gut, dann will ich mal nicht so sein!" Sprach ich und langte an sein Glied.

„Aber nur kurz mit der Hand!" Fluchte ich leise mit erhobenem Zeigefinger.

Er war schnell fertig, schließlich hatte ich ihn schon lange nicht mehr rangelassen und von Selbstbefriedigung hielt er nicht viel. „Für was habe ich eine geile Freundin", war seine Standartantwort.

Das Sperma glitt meine Hand entlang und ich dachte, dass es doch viel geiler sei, wenn das mein Fuß wäre. Aber morgen ist es soweit, schmunzelte ich innerlich beim Einschlafen.

Am nächsten Morgen hatte ich so eine gute Laune, dass ich sogar dem Wunsch meines Freundes nachkam, mit ihm zu schlafen. Den ganzen Akt über, dachte ich an diesen fremden Mann. Immer wieder stellte ich mir vor, wie ich ihm mit meinen Füßen einen runterhole. So geil war ich noch nie, und kam deshalb in Rekordzeit.

„WOW, warst du schnell fertig!" Stellte mein Freund
fassungslos fest.

„Ja, du machst mich halt so geil!" Log ich ihn an. Was
sollte ich machen? Ihm erzählen, dass ich mich in ein
paar Stunden mit einem super Typen treffe und die
ganze Zeit schon an ihn gedacht habe, während er mich
fickte? Dann lieber doch lügen!

Um 14.00 Uhr war der ausgemachte Zeitpunkt. Schon
ab zehn stand ich vor dem Spiegel und überlegte mir
die Klamottenauswahl. Draußen war es warm und so
entschied ich mich für einen kurzen Rock und T-Shirt.
Aber das Wichtigste waren ja die Füße bzw. die
passenden Schuhe. Flip-Flops, Ballerinas oder
Turnschuhe, kamen in die engere Wahl. Bei Flip-Flops
erkennt man schon sofort das Wesentliche und kann
sich nicht mehr überraschen lassen. Bei Turnschuhen
bestünde immer die Gefahr, dass Füße riechen
könnten, blieben also nur noch meine Stoffschuhe
übrig. Ich entschied mich für meine Schwarzen, die
auch super zu dem Kleid passten.

„Ja, das schaut gut aus!" Kommentierte ich meinen
letzten Blick in den Spiegel.

Es war kurz vor halb zwei. Die Fahrt zum See dauerte ungefähr eine halbe Stunde und so musste ich mich auf den Weg machen. Unpünktlich wollte ich nicht sein.

Die ganze Autofahrt überlegte ich, wie es sein würde. Mein Herzschlag erhöhte sich nun zusehends, als ich auf den Parkplatz einbog. Tatsächlich, da stand er. Ein schwarzer Audi, mit dem mir bekannten Kennzeichen. Ich parkte neben ihm und machte die Zündung aus. Da kam mir ein besonderer Gedanke. Ich kurbelte das Fenster herunter und streckte meine Beine heraus, damit er sehen konnte, was ihn erwartete. Das schien ihm gefallen zu haben, denn nur kurze Zeit später begab er sich ebenfalls aus seinem Wagen. Unsere Blicke trafen sich. Ich kannte ihn ja bereits von Fotos, somit war ich nicht mehr allzu überrascht. Ihn aber haute es fast um.

„Gott bist du schön!" Schallte es mir entgegen.

„Danke! Bist aber auch ein ganz Netter!" War meine liebe Antwort.

Angelehnt an mein Auto unterhielten wir uns. Er dachte allen Ernstes, dass ich ein Faker wäre und jetzt so was von überrascht sei. Während er immer mehr ins Reden und Schwärmen geriet, schweiften seine Blicke auf meine Füße.

„Alles gut?" Fragte ich leicht nervös.

„Wusste nicht, welche Schuhe ich anziehen sollte?"
War mein Nachsatz.

„Alles bestens!" Schauen super-geil aus.

Ich parkte neben ihm und machte die Zündung aus. Da kam mir ein besonderer Gedanke. Ich kurbelte das Fenster herunter und streckte meine Beine heraus, damit er sehen konnte, was ihn erwartete.

„Wirklich?"

„Ja echt! Welche Schuhgröße hast du denn?"

„37!"

Er sagte nichts mehr, sondern hatte eher so eine Art Schaum vor dem Mund.

Es machte immer wieder Spaß, wenn ich einem Mann gefiel, und diesem habe ich gefallen, da war ich mir sicher. Auch die Beule an seiner Hose, bestätigte mir meinen Verdacht. Wir unterhielten uns noch ein wenig, dann kam der entscheidende Moment, auf den ich mich genauso freute wie er.

„Deiner Hosenausbeulung zur Folge, könnten wir durchaus anfangen, oder?" Grinste ich ihn an.

„Ja gerne, dachte du frägst nie!" Lächelte er zurück.

Auf dem Weg zu einem naheliegenden Gebüsch, versuchte ich ihn noch etwas geiler zu machen, indem ich erzählte, dass meine Fußnägel frisch lackiert wären.

„Welche Farbe?"

„Welche hättest du denn gerne?"

„Schwarz!"

„Warum schwarz?"

„Da sieht man mein Sperma am besten drauf!"
Witzelte er und nahm mich liebevoll in den Arm.

„Soviel Spaß, wie in der letzten halben Stunde, hatte
ich schon lange nicht mehr", dachte ich mir beim
Einbiegen in die Botanik.

Er sah nicht nur super aus, er hatte auch etwas in der
Birne, denn eine Decke war in seinem Rucksack. Diese
breitete er auf dem Boden aus und bat, dass ich mich
setzen sollte, was ich auch tat. Ich an einem Ende, er
am anderen, beobachteten wir uns noch gegenseitig.
Mein Herz begann wieder Tango zu tanzen. Ich konnte
es nicht mehr aushalten und zog deshalb einen Schuh
aus und streichelte selber meinen Fuß.

„Sind ja gar nicht schwarz!" Versuchte er Empörung
vorzuspielen.

„Ne, die sind rosa. Gefallen sie dir etwa nicht?"

„Ich bin kurz vor dem Kommen, und du fragst ob sie mir
gefallen?"

Den Satz hatte er noch nicht ganz ausgesprochen, da
hatte er meinen Fuß schon im Mund. Langsam schob
ich ihn rein und raus, er sollte alles liebkosen. Das

Spielchen zog sich so ein paar Minuten und wir beide konnten unsere Geilheit kaum mehr voreinander verstecken. Zwischenzeitlich zog ich auch den anderen Schuh aus und spielte damit zwischen seinen Beinen. Einen harten Gegenstand, konnte ich beim Drücken erfühlen.

„Ok, ich glaube es ist soweit. Mein erster Food-Job will vollbracht werden." Sagte ich und forderte ihn zeitgleich auf, seine Hose zu öffnen.

Er stand wortlos auf und zog sich seine Short über die Knie. Mit einer riesen Latte stand er vor mir und lächelte mich an.

„Ich glaube, dass wird nicht lange dauern!" Sprach er und zog beide Füße zu seinem Schwanz.

„Im Stehen?" Fragte ich leicht verwundert.

„Ja, ist doch geil, oder eher nicht?"

Ich hatte noch nicht so viele Erfahrungswerte und nickte deshalb nur.

Ich liegend, er stehend, begann die Sache ernst zu werden. Fest wurden meine Füße gegen seinen Schwanz gedrückt und er machte heftige „Fickbewegungen", die immer kräftiger wurden. Es war so unglaublich geil, einen Schwanz zwischen meinen Füßen zu haben. Immer, wenn er kurz vor dem Orgasmus war, hörte er kurz auf und küsste ein wenig meine Füße. Nach zehn Minuten, die wirklich geil waren, konnte er nicht mehr. Sanft nahm er meine beiden Füße, richtete sie so hin, wie er sie brauchte und wichste auf sie. Der warme Saft schoss aus seinem Glied, direkt auf meine Füße. Ich sah mir nach einer gewissen Zeit das Ergebnis an und konnte ihn nur zu dieser Leistung gratulieren. Eine beachtliche Menge war das, was ich sehen und fühlen konnte.

„Endlich Sperma drauf!" Rief ich erfreut und gab ihm einen Klaps auf seinen knackigen Po.

„Wow, war das geil!" Hauchte er irgendwie unverständlich und setzte sich neben mich. Sein Glied begann langsam zu schrumpfen und ich spielte noch ein bisschen, mit dem warmen Saft auf meinen Füßen.

„Wie willst du kommen?" Fragte er mich, während er mir dabei zusah.

So eine Frage war ich ebenfalls nicht gewohnt. Beim Sex mit meinem Freund, stand immer seine Befriedigung im Vordergrund, meine war zweitrangig. Wenn er als Erstes kam und ich noch nicht, hatte ich halt Pech gehabt. Das war immer seine Rache dafür, dass ich ihn so wenig ranließ.

„Wie meinst du das?" Fragte ich deshalb ziemlich verwundert.

„Naja, ich bin gekommen. Jetzt wärst du an der Reihe. Ist doch nur fair, oder nicht?"

Ich konnte dem allen nur zustimmen.

„Also, wie magst? Soll ich dich lecken oder wollen wir miteinander schlafen?"

„Kannst du schon wieder?"

„Ja klar, bei einer solchen Frau!"

Auch das war ich nicht gewohnt!

„Vögeln?" Schoss es mir durch meinen kleinen Kopf. Das Ganze war eigentlich nur auf Fußerotik ausgelegt und das hatte ich ja auch bekommen.

„Ne lass mal lieber. Habe das bekommen, was ich auch wollte, dein Sperma. Mehr geht auch nicht, wegen meinem Freund!"

Er konnte meine Antwort, wie ich im Übrigen auch, nicht ganz verstehen und so zog er sich wieder an.

Vor meinem Auto, beim Verabschieden, küssten wir uns noch leidenschaftlich und versprachen uns gegenseitig, ein baldiges Wiedersehen.

Die ganze Heimfahrt über hatte ich eine extrem gute Laune, die auch zu Hause nicht schlechter wurde. Gemütlich lag ich auf meinem Bett und betrachtete meine Füße. Das eingetrocknete Sperma von ihm war noch drauf und kitzelte ein wenig. Irgendwie reizte es mich es zu probieren, was ich auch tat. Es schmeckte einfach nur geil. Sperma von meinen Füßen, von einem wildfremden Mann. Ein geiler Tag!!

„Schmeckt gut Dein Saft!" Tippte ich in mein Handy und schickte diese SMS an den „Eigentümer" des Spermas.

„Hättest es auch frischer haben können!" Kam umgehend die Antwort.

„Heute ist nicht aller Tage, ich komm wieder keine Frage!" War meine Antwort.

Kapitel 4: Die Füße einer Frau.

Das eine Monster in meinem Kopf war gestillt. Endlich hatte ich das Gefühl gehabt, Sperma auf meinen Füßen zu spüren. Ein Wunsch blieb aber nach wie vor! Wie würde es sein, von einem „Frauenfuß" verwöhnt zu werden. Durch das abrupte Ende von damals, konnte ich diese Erfahrung nicht machen. Mit dem coolen Typen aus dem Internet, hatte ich ja wirklich Glück und so wollte ich es nochmal probieren.

„Suche eine junge Frau, die genauso wie ich auf Füße steht. Bin weiblich, 18. Jahre alt. Mehr über Mail."

Auch nach mehreren Tagen war absolut tote Hose in meinem Postfach. Keine Frau hatte sich auf meine Anzeige gemeldet. Noch nicht mal die Klickzahlen waren besonders hoch. „Gut, das wird dann doch etwas schwieriger", dachte ich mir und wiederholte meine Suche.

„Welche Frau, möchte mich mit ihren Füßen fi…?" Erschien in diesem Anzeigenportal, jetzt aber unter der Rubrik Fetisch/Sie sucht Sie.

Auch diesmal tanzte mein Postfach nicht gerade vor Eingängen, konnte aber trotzdem einige Zuschriften verbuchen.

„Hallo, ich bin E. bin 69. Jahre alt und komme aus S. **Würde gerne Deine jungen Füße verwöhnen und es Dir dann mit meinen machen!"** War eine der Antworten.

„Ne echt nicht!!" Schrie ich und löschte die Senioren-Mail ganz schnell.

Da las sich eine doch schon besser:

Hi. Ich bin die P. 27. Jahre alt und komme aus D. Seit meinem zwanzigsten Lebensjahr stehe ich auf Frauen. Mir gefällt es einfach besser. Ich sehne mich wieder nach Zärtlichkeit, da ich seit längerem solo bin. Dein Wunsch ist doch sehr außergewöhnlich, kann aber sicherlich realisiert werden....

Mein Wunsch lesbisch zu werden, hielt sich nach wie vor in Grenzen. Nur dieses eine wollte ich mal ausprobieren, sonst nichts und dies teilte ich ihr auch mit.

„Kein Problem! Dann machen wir halt das!" War ihre Antwort.

„Bin ich Dir nicht zu jung?" War meine Frage.

„Bin ich Dir nicht zu alt?" War ihre Gegenfrage.

Na gut, ein wenig jünger wäre mir zwar lieber, da sie aber noch die beste Antwort war, konnte ich es mir nicht aussuchen.

„Nein, alles Ok!" Log ich deshalb ein wenig.

„Ok, dann mach ich es Dir mit meinen Füßen! Wie willst Du es mir besorgen?"

„Auch mit meinen Füßen??" War meine vorsichtige Frage.

„Mir wäre es lieber, wenn Du mir meine Muschi leckst!" Hast Du denn ein Bild von Deiner geilen, kleinen Fotze?"

„OK, bis hierhin und keinen Schritt weiter", dachte ich und beendete den Schriftverkehr sofort. Was wiederum meiner Mailpartnerin völlig egal war. Sie bombardierte mich mit Anfragen und ließ mich einfach nicht mehr in Ruhe. Bei der letzten Nachricht, wurde es mir zu doof.

„Hey Süße, hast Du etwas dagegen, wenn ein Bekannter von mir mitmacht. Der hat einen echt geilen Schwanz!"

„Ok, Du Scheiß-Faker, verpiss Dich oder ich zeig Dich an!" War meine, doch etwas gereizte Antwort.

Ich hatte mit meiner Drohung Erfolg, denn es kam nichts mehr, was mich wiederum keinen Schritt weiter brachte. Ich wollte, ich brauchte einen Frauenfuß, der mich glücklich machen sollte. Auch nach Wochen, in denen ich diesen nicht fand, beendete ich mein Suchen. Aber wie ist es meistens? Wenn man überhaupt nicht mehr daran denkt, kommt es von ganz alleine.

Meine Eltern, mein Bruder und ich fuhren gemeinsam in den Urlaub. Zwei Wochen Sommerurlaub in der Türkei. Schon am Flughafen beobachtete ich eine Frau, die wirklich super-süß aussah. Etwas kleiner wie ich, schwarze, gelockte Haare und braune Glutaugen. Die Figur war ebenfalls der Wahnsinn. Meine Blicke schweiften immer wieder auf dieses Mädel. So als ob im Himmel es jemand wollte, stieg genau diese Frau auch in den Flieger nach Antalya. Als wir auch noch denselben Bus bekamen, stiegen meine Chancen auf ein Kennenlernen. Tatsächlich hatten wir dasselbe Hotel gebucht und standen, nur wenige Meter getrennt an der Rezeption zum Einchecken. Neben ihr war niemand und als ich irgendwie hören konnte, dass sie ein Einzelzimmer hatte, stieg meine Laune schlagartig. Als nach einer Viertelstunde alles erledigt war, sie den Schlüssel für das Zimmer bekam, drehte sie sich um und unsere Blicke trafen sich. Sie lächelte mich an, meine Knie begannen zu zittern und ich konnte mich auf mein Einchecken überhaupt nicht mehr konzentrieren. Auch mein Bruder bekam das mit und begann mich aufzuziehen.

„Die ist hübsch gell, werde mal versuchen, ob ich bei ihr landen kann!" Versuchte er mich aus der Reserve zu locken.

„Mach was du willst, mein kleiner Adonis!" Gab ich kontra.

Im Grunde stand das Ganze eh nicht in meiner Macht. Stünde sie auf Frauen, hätte ich gewonnen, stünde sie auf Männer, mein Bruder oder aber sie sucht überhaupt nicht, weil sie schon glücklich vergeben ist. Das alles herauszufinden, war meine Aufgabe in den nächsten Tagen, beschloss ich beim Koffer auspacken.

In der ersten Zeit passierte nicht viel. Mein Bruder hatte sein Vorhaben schnell wieder aufgegeben, da er eine andere Prinzessin erobern konnte. Nur mein Ziel hatte ich nicht ganz erreicht. Immer wenn ich sie zufällig am Meer oder Pool sah, setzte ich mich in unmittelbare Nähe und beobachtete sie. Zahlreiche Männer kamen und versuchten sie zu einem Drink einzuladen, was ihnen aber nicht gelang. Immer war die gleiche Geste. Ein nettes Lächeln, ein paar Worte und schon zogen die Typen ab.

„Lesbisch oder vergeben!" War das erste Ergebnis meiner Beobachtungen. Ich könnte noch ewig so weitermachen und sie nur beobachten, oder selber mal auf Wallung kommen, dachte ich mir und beschloss das Heft selber in die Hand zu nehmen. Aber wie? Die ganze Zeit starrte ich auf das Meer um mir den richtigen Schlachtplan zu überlegen. Völlig in Gedanken bekam ich überhaupt nicht mit, dass sie bereits drei Minuten vor meiner Liege stand.

„Haallooo, jemand da?!!" Hörte ich von irgendwo und fühlte ein leichtes Klopfen an meiner Schulter.

„Ja klar!" Fuhr ich auf und versuchte meine Abwesenheit zu überspielen.

Ich blickte in Richtung der Stimme, die ich hörte und fiel beinahe in Ohnmacht. Die schönsten Augen, das hübscheste Gesicht, das ich je sah, schaute mich an.

„Ja klar, bin hier!" Wiederholte ich meine Aussage.

„Wo warst du denn, ganz weit weg, oder?" Sprach sie und zwinkerte mir zu.

Was sollte ich sagen? Das ich mir einen Plan zurecht geschmiedet hatte, sie „klar" zu machen? Lieber nicht!

„So Schule und so!" War deshalb meine etwas verlogene Antwort.

„Du hast Ferien, da brauchst an so was nicht denken!" Antwortete sie mir und setzte sich neben mich.

„Ach übrigens, bin Tanja!" Sagte sie noch beiläufig.

„Svenja!" Kam schüchtern von mir zurück.

„Freut mich Svenja!" Sind ja mit demselben Flieger gekommen, habe dich schon erkannt. Wie lange bleibst du?"

„Sie hatte mich bereits erkannt!! Dann ging ich ihr auch nicht aus dem Sinn? Sie würde es bestimmt auch wollen??" Schoss es mir durch den Kopf.

„Hallo, ganz ruhig! Sie hat mich auch gesehen, mehr hat sie nicht gesagt!" Schoss es in meine andere Gehirnhälfte.

So als ob ich nicht ganz dicht wäre, schaute sie mich an und wartete auf die Antwort.

„Äh, sorry! Noch zehn Tage!" Kam etwas verzögert meine Antwort.

„Super! Ich auch. Können ja mal was zusammen machen. Abends vielleicht Disko oder so!"

„Oder einfach ein bisschen uns gegenseitig an den Füßen lecken?" Dachte das Teufelchen auf der linken Schulter und wurde sofort von dem Engelchen zu Recht gewiesen.

„Ja klar, gerne. Heute Abend sind Schlager, die finde ich super geil!" War meine, wiederum sehr langsame Antwort.

Während wir uns unterhielten, kamen noch ein paar Männer, die abwechselnd einmal mich und einmal sie, einladen wollten. Von mir wurden sie unsanft verscheucht, von ihr doch etwas freundlicher. Das Ergebnis blieb aber dasselbe. Keine von uns wollte eine Bekanntschaft mit Männern, das wurde auch von ihr erkannt.

„Hast du einen Freund, oder warum willst dich mit denen nicht treffen?"

„Gut, dass war die Frage auf die alles ankam", dachte ich mir. Sollte ich jetzt sagen, dass ich einen Freund hätte, könnte ich mein Vorhaben gleich vergessen und beschloss deshalb, auf einer anderen Schiene zu fahren.

„Ne, habe keinen Freund. Stehe aber auch mehr auf Frauen!" War meine Antwort.

Kein ruckartiges Aufstehen, kein dummes Gesicht oder ähnliches konnte ich verzeichnen.

„Hast du ein Problem damit?" Fragte ich nach, weil immer noch keine Antwort kam.

„Ne warum?"

„Nur so! Warum schickst du jeden Mann weiter?"

„Ich habe einen Freund!" Kam die Antwort, welche ich überhaupt nicht hören wollte.

„Schade!"

Während ich dieses aussprach, erkannte ich erst den vermeintlichen Verlust, denn sie zog die Schuhe aus um sich ihre Füße einzucremen. Diese sahen fantastisch aus. Grob geschätzt, Schuhgröße 37, braungebrannt und eine wunderschöne Form. Sie schlug ein Bein über das andere und fragte mich, ob sie meine Sonnenmilch ausleihen dürfte. Wortlos reichte ich sie herüber und sah ihr dabei zu, wie sie ihren Fuß eincremte. Langsam wurde erst der Eine, dann der andere behandelt und ich wollte nur eines und zwar, dass ich es wäre, die jetzt eincremt.

„Ich kann gerne den Rest übernehmen!" Hörte ich hinter mir. Ein weiterer „Hobbycasanova" versuchte bei ihr zu landen.

„Verpiss dich und lass uns in Ruhe!" War meine unsanfte Antwort, als ich mich zu ihm umdrehte.

„Aber Hallo, warum so forsch?" Zwinkerte sie mich an.

Sie übergab mir die Sonnenmilch wieder und setzte sich in den Schneidersitz auf meine Liege. Ich war direkt vor ihr und konnte das Objekt meiner Begierde genau beobachten. Nur ein paar Zentimeter können manchmal auch eine verdammt lange Distanz sein. Die schönsten Frauenfüße, die ich je gesehen hatte, waren nur ein wenig von meiner Scheide entfernt. Genauso, wie ich es mir seit langem immer vorgestellt hatte. Ich kannte diese Frau gerade mal eine Stunde. „Jetzt das zu machen, was sich gerade so alles in meinem Kopf abspielte, würde mir drei Jahre türkischen Knast einbringen", dachte ich mir. Immer näher kam ihr großer Zeh meinem Unterschenkel. Ich konnte ihn bereits auf meiner Haut spüren. Langsam glitt er auf und ab. Was sollte ich jetzt machen? Mein Bein wegziehen und so tun, als ob ich nichts bemerkt hatte, oder mich auf das Spielchen einlassen.

„Streichle ihn!!" Schrie das Teufelchen auf der linken Schulter. Das Engelchen sagte gar nichts mehr!!

Ich tat so, als ob es das normalste von der Welt wäre und strich über ihren Fuß. Mein Daumen streichelte ihren Fußrücken und glitt ein wenig zwischen den Zehenzwischenräumen. Es war ihr nicht unangenehm, auf alle Fälle sagte sie nichts Gegenteiliges. Minuten vergingen, in denen wir nichts anderes machten. Sie streichelte meinen Unterschenkel, ich ihre Füße. Keiner von uns beiden wollte mehr machen, um nicht als irgendwie pervers zu wirken. Auf einmal, wie aus dem nichts fing sie das Reden an.

„Das ist echt schön! Davon habe ich schon lange geträumt!"

„Was ist schön, und von was hast du geträumt?"

„Dass eine Frau meinen Fuß streichelt!"

„Mich haute es fast um. Gab es wirklich jemanden im Himmel, der meine Wünsche erfüllt", dachte ich mir.

„Habe kein Problem damit." Antwortete ich und umfasste zugleich ihren ganzen Fuß, um ihn noch mehr zu streicheln.

„Mache ich auch immer bei meiner Freundin!" War mein, nicht ganz ehrlicher Nachsatz.

„Die Glückliche!" Kam es verzückt aus ihr heraus.

„Dachte du hast einen Freund und stehst auf Männer?"

„Ja schon!" Aber das beschäftigt mich seit einer geraumen Zeit.

War hier irgendwo eine versteckte Kamera, oder steckte mein Bruder hinter dieser ganzen Sache? So einen Zufall konnte es nicht geben. Eine wunderschöne Frau, die genau dieselben Interessen hatte wie ich? „Entweder ich werde hier gerade auf das Schärfste verarscht, oder es gibt doch einen lieben Gott", dachte ich mir.

„Was würdest du machen, wenn ich jetzt deinen Fuß küssen würde?" Fragte ich, um somit ein wenig in die Offensive zu gehen.

„Hier würde ich dir eine scheuern, aber nur aus einem Grund. Ich möchte nicht, dass das jemand mitbekommt. Auf meinem Zimmer würde ich es sehr genießen."

Gut, um jetzt eine gescheuert zu bekommen fehlte mir ein wenig die Motivation, darum lächelte ich sehr freundlich und gab ihr beiläufig meine Zimmernummer, mit einem sehr großen Grinsen.

Sie konnte sich ihr Lachen auch nicht verkneifen und strich nun etwas fester, und vor allem auch etwas höher, mit ihrem Fuß an meinem Bein.

„So quasi als Vorfreude!" Sprach sie, um meinen fragenden Blick zu beantworten.

Ich nahm meine Cola-Flasche, trank einen Schluck und spielte mit meiner Zunge an dem Flaschenhals.

„Genau, so sieht es aus!" Grinste ich zurück.

Unfassbare vier Stunden waren wir nun am Meer. Die Sonne begann langsam unterzugehen und der „Liegenmeister" wartete schon lange bis wir endlich verschwanden.

Auf dem Weg zum Hotel unterhielten wir uns natürlich noch sehr angeregt und ich hoffte inständig, dass das alles nicht nur ein riesen Schwindel sei. Je mehr wir uns unterhielten, desto sicherer wurde ich mir allerdings, dass sie es ernst meinte.

„Kannst du mir bitte einen Gefallen tun? Fragte sie als wir gerade das Hotel betraten.

„Ja klar! Was denn?"

„Kannst du bitte zum Abendessen deine schwarzen Schuhe anziehen, die du gestern auch schon getragen hast?"

Ich sah sie mit großen Augen an. Sie hatte sich gemerkt, was ich gestern für Schuhe an hatte? Das konnte keine Verarsche sein, da wurde ich mir immer sicherer.

„Nein sorry. Das mache ich nicht!" Kam trocken aus mir heraus.

„Warum nicht?" War ihre traurige Antwort.

„Weil du das machst. Du ziehst mir die an!"

Jetzt begannen ihre Gesichtszüge sich wieder etwas zu entspannen und sie sagte dem Ganzen zu. Nach dem duschen wollten wir uns auf meinem Zimmer treffen, um gegenseitig Schuhe zu probieren.

So schnell hatte ich noch nie meine Körperpflege hinter mich gebracht und saß erwartungsvoll auf meinem Bett.

„Wann klopft es endlich an meiner Tür?" Überlegte ich ungeduldig.

Für 20.00 Uhr hatten wir ausgemacht. Mittlerweile war es schon halb neun, ich begann wieder Zweifel zu bekommen. Während ich gerade so in Gedanken war, klopfte es laut an meiner Tür. Wie von der Tarantel gestochen, sprang ich vom Bett und lief zur dieser. Sie stand davor, mit einer großen Reisetasche.

„Wo willst du denn hin?" Fragte ich entgeistert.

„Nirgends. Da sind meine ganzen Schuhe drinnen!"

„WOW!"

Ich hatte für den kompletten Urlaub nur drei Paar dabei, sie eine ganze Reisetasche.

„Na, dann zeig mal was du alles für Treter hast!" Sprach ich, als ich ihr die Tasche abnahm.

„Nein, bitte du zuerst. Zieh bitte deine an, bitte! Ich kann es kaum mehr erwarten, dich darin zu sehen."

Ich ging zu der Ecke, in der sie waren und drückte die Dinger in ihre Hand.

„Hier bitte schön, viel Spaß!" Sprach ich, ließ mich auf das Bett plumpsen und streckte ihr meine Füße entgegen.

Zuerst wurden die Schuhe nur betrachtet, dann gestreichelt und erst nach einer gewissen Zeit mir angezogen. Vorsichtig löste sie das Bändchen aus dem Verschluss, roch noch ein wenig daran und steckte sie

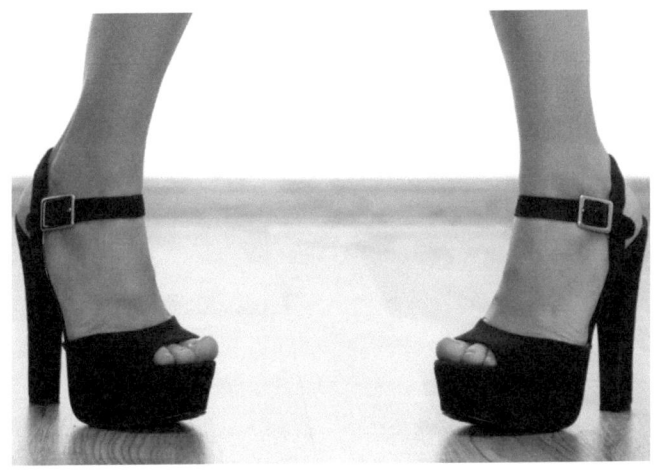

„Wow, das schaut so geil aus!" Frohlockte sie, als ich vor ihr stand. Ein wenig sollte ich noch vor ihr rumlaufen, was ich natürlich auch tat.

mir an den Fuß. Dasselbe Spiel vollzog sie mit dem anderen.

„Wow, das schaut so geil aus!" Frohlockte sie, als ich vor ihr stand. Ein wenig sollte ich noch vor ihr rumlaufen, was ich natürlich auch tat.

„So, jetzt aber genug von mir. Wenigstens vorerst. Zeig mal was du so alles hast!" Sprach ich und blickte auf ihre Tasche.

Die Auswahl der Schuhe war enorm. Für jeden Anlass hatte sie die passenden Treter. Ein Paar gefiel mir ausgesprochen gut. Es waren schwarze High-Heels, in denen man sehr gut die Zehen sehen konnte. Sie zog sie für mich an, mir wurde es so was von anders.

„Magst daran spielen?" Fragte sie mich, als sie meinen lüsternen Blick sah.

„Noch nicht, mal schauen was du sonst noch alles hast. Vorfreude ist die schönste Freude." Ich vergrub meinen Kopf ganz tief in ihre Tasche und hatte das gefunden, was ich suchte. Keine Schuhe, sondern so eine Art Netzstrumpfhose.

„Wenn du die anziehst, dann gerne!" Rief ich erfreut und reichte ihr das Teil.

„Bin gleich wieder da!"

Sie ging auf die Toilette um sich die Strümpfe anzuziehen. Vor mir wollte sie es nicht machen, um die Spannung nicht zu zerstören, meinte sie noch kurz, auf dem Weg zum Klo. Nach gefühlten drei Jahren kam sie wieder. Beide Füße waren mit dieser Strumpfhose bedeckt, aber nur einer in Schuhen. Das sah so unglaublich sexy aus, einfach der Wahnsinn!

Sie streckte mir einen Fuß entgegen, ich sollte daran spielen, was ich auch tat, bzw. wollte. Denn im selben Moment klopfte es an der Tür. Mein Bruder wollte mich zum Essen abholen, und tat das auch lauthals kund.

„Schwesterchen, Zeit zum Trog zu wackeln!" Schrie es durch den kompletten Hotelflur.

„Verdammte scheiße!" Fluchte ich in derselben Lautstärke.

„Was willst du?" Schrie ich ihn an, als die Tür geöffnet wurde.

„Mampfi, Mampfi!!" Hallte es mir entgegen.

Beide Füße waren mit dieser Strumpfhose bedeckt, aber nur einer in Schuhen. Das sah so unglaublich sexy aus, einfach der Wahnsinn!

Er wollte eigentlich noch mehr erzählen, konnte aber nicht. Die Tür flog genau auf seine Nase.

„Sorry!" Versuchte ich das peinliche Verhalten meines Bruders zu entschuldigen.

„Kein Problem! Aber wo er Recht hat, hat er Recht!" Meinte sie.

„Wie du meinst wir sollen hier abbrechen und lieber Essen gehen?" Fragte ich doch sehr verwundert.

„Süße, ich habe so einen Kohldampf, sorry. Unsere Füße laufen nicht davon." Nachdem sie dies ausgesprochen hatte, lachten wir auch schon wie die Bekloppten. Ein Widerspruch in sich, war dies und trotzdem wahr. Und wie sagte ich schon mal: „Vorfreude ist die schönste Freude!"

Kapitel 5: „Endlich am Ziel."

Den ganzen Urlaub verbrachten wir gemeinsam. Meine Eltern und mein Bruder bekamen mich fast gar nicht mehr zu Gesicht. Jeden Tag machten wir eine Fuß,- Schuhshow, aber das was ich eigentlich wollte, nicht. Wie denn auch? Sie kannte meinen lang ersehnten Traum ja nicht und genau das wollte ich ändern. Sie musste endlich erfahren, dass ich etwas anderes suchte. Es war zwar hammergeil, was wir machten, dies reichte mir aber nicht. Ich wollte endlich einen Fuß in meiner Vagina haben, endlich das Gefühl verspüren wie es ist, damit gefickt zu werden. Genau das wollte ich ihr mitteilen und nahm allen Mut zusammen und fing das Reden an. Im Pool, auf einer Luftmatratze begann ich über meine intimsten Wünsche zu reden.

Zuerst konnte sie es gar nicht so richtig glauben, doch nach ein paar Minuten kam es bei ihr an.

„Mein Fuß in deiner Muschi?" Hörte ich nur ungläubig hinter mir. Sie wurde ein wenig mit ihrer Matratze abgetrieben.

„Jetzt bleib doch mal hier!" Schrie ich und zog das Plastikteil wieder dahin, wo es auch bleiben sollte.

„Ja genau. Das ist mein Wunsch!" Antwortete ich, als sie wieder neben mir schwamm.

„Ich weiß nicht so recht! Das mit den Füßen küssen ist sau geil, aber mehr wollte ich eigentlich nicht machen. Ich habe einen Freund den ich liebe, außerdem bin ich nicht lesbisch!" Gab sie mir ihre Entscheidung bekannt.

Das war ich auch nicht, zumindest nicht wirklich. Trotzdem verfolgte mich dieser Wunsch immer noch.

„Überleg es dir bitte und gib mir dann Bescheid!" Sprach ich und schubste sie Richtung Beckenrand. Irgendwie wurde es mir peinlich darüber zu reden und zog es deshalb vor, mich aus dem Staub zu machen.

Einsam und verlassen saß ich auf meinem Bett und wartete auf Antwort, wie ein Straftäter auf sein Urteil. Die Stunden vergingen, in denen ich nichts von ihr hörte. Zwei Tage dauerte der Urlaub noch, spätestens am Flughafen würde ich sie wieder sehen, beruhigte ich mich selber. „Das wäre so schön, wenn sie ja sagen würde", dachte ich mir. Immer wieder kreisten meine Gedanken um ihre Füße.

„In den weißen Turnschuhen waren ihre Füße auch heiß", dachte ich mir, als ich die Handyfotos ansah. Gott war das geil, als sie mir am großen Zeh lutschte. Das war alles gerade mal ein paar Tage her und trotzdem kam es mir wie eine Ewigkeit vor. Ich vermisste sie so sehr. „Hoffentlich sagt sie ja, oder ist zumindest nicht sauer auf mich", betete ich Richtung Himmel. Je mehr ich die Fotos betrachtete, desto geiler wurde ich. Was hatten wir gestern noch gemacht? Jede roch am Schuh der anderen, bevor die Füße verwöhnt wurden. Bei diesem Gedanken ertappte ich mich selber. Bereits seit mehreren Minuten hatte ich meine Hand in der Hose und streichelte mich selber.

„Wenn ich bei meinem Freund mal so nass wäre!" Grinste ich und nahm sie wieder heraus. „Soweit kommt es noch, dass ich es mir auf Schuhe selber mache", dachte ich mir.

Ein lautes Klopfen unterbrach meine Gedanken. Ich sah zur Tür, es wurde ein Zettel durchgeschoben. Ich stand vom Bett und holte ihn. Mit zittrigen Händen öffnete ich den Umschlag und begann das Lesen:

Liebe Svenja!

Als Du mir von Deinem Wunsch erzählt hast, war ich schon etwas schockiert, gebe ich gerne zu. Zuerst wollte ich den Kontakt abbrechen und Dich einfach vergessen, geht aber leider nicht. Immer wieder muss ich an unsere gemeinsame Zeit denken, die mehr wie schön war. Die gegenseitigen Fußmassagen, das Spielen und lecken daran, war einfach sehr geil. Wenn ich daran denke, werde ich nass wie selten zuvor. Ja, Du hast richtig gelesen, ich werde nass und genau aus diesem Grund will ich es machen. Sei mir aber bitte nicht böse, wenn ich mich ziemlich blöd anstelle, ist schließlich das Erste Mal für mich. Und noch was. Eine Bedingung habe ich noch. Ich möchte, dass nicht nur Du einen Fuß drinnen hast, sondern ich auch☺. Falls Du damit leben kannst, würde ich mich freuen. Was hältst Du davon, wenn wir uns heute Abend am Strand treffen? Ist so romantisch☺.

Kuss

Tanja

Ich hielt den Brief noch eine Ewigkeit in den Händen und vergaß dabei fast, darauf zu antworten. Für eine große Rückantwort fehlten mir einfach die Nerven. Ich freute mich so und nahm deshalb ihren Brief und malte mit Lippenstift einen Smiley darauf. Das sollte genügen. Meine Güte war ich glücklich. Den ganzen Abend tanzte ich vor dem Spiegel und sang die bescheuerten Lieder aus der Minidisko mit.

„Wann ist es elf, wann kann ich zum Strand aufbrechen?" Fragte ich mich bei einem wiederholten Blick auf die Uhr. Auch bei mehrmaligen hinsehen auf den Zeiger, drehte er sich nicht schneller. Endlich war es soweit, die Zeit war gekommen und ich konnte mich endlich auf den Weg machen.

Auch um diese Uhrzeit war noch eine gewisse Anzahl von Menschen am Meer, natürlich nicht so viele wie am Tag, aber trotzdem zu viele um ungestörten Sex haben zu können. Auf einer Liege sah ich sie bereits und lächelte freundlich. Auch sie erkannte mich und fing wild das Winken an. Noch ein paar Schritte und ich konnte sie in den Arm nehmen.

„Habe dich vermisst!" Hauchte ich ihr zärtlich ins Ohr.

Als Antwort kam ein inniger Kuss.

Wir saßen beide auf dieser Liege und sahen den Mond an, der das Wasser hell erleuchtete. Langsam gingen auch die letzten Leute in ihr Bett und so waren wir alleine.

„Schau was ich gemacht habe!" Unterbrach sie die romantische Stimmung und zog ihre Schuhe aus. Kleine Klitzersteine verzierten ihre Nägel. Sie sahen überragend aus. Ich wusste nur nicht, ob sie auch so praktisch waren. Schließlich sollte gleich dieser Fuß in meiner Möse verschwinden und ich hatte doch ein wenig Bedenken, dass dies wehtun könnte.

„Oh Scheiße, das habe ich gar nicht bedacht!" Fuhr sie erschrocken auf.

„Macht doch nichts, probieren geht über Studieren. Habe schließlich auch noch keine Erfahrung auf diesem Gebiet." Versuchte ich sie zu beruhigen.

Irgendwie musste einer den Anfang machen, aber keine von uns beiden traute sich so richtig. Schüchtern sahen wir uns an und lächelten verlegen.

„War heute echt ein gutes Wetter, oder?" Versuchte sie die angespannte Stimmung zu entschärfen.

Bevor sie noch weiter über die Großwetterlage berichten konnte, zog ich sie zu mir und gab ihr einen

Kuss. Zärtlich, nach einer gewissen Zeit immer wilder, wurden unsere Berührungen. Langsam wollte jede von uns, mehr vom anderen Körper betrachten und wir fingen deshalb an, uns gegenseitig auszuziehen. Noch nie hatte ich richtigen Sex mit einer anderen Frau, aber ich freute mich so richtig darauf. Auch sie war nicht mehr zu halten. Ihre Finger glitten bereits meinen Bauch entlang, spielten ein wenig mit meinem Nabel und wanderten weiter nach unten. Während sie mich immer wilder küsste, streichelte ihre rechte Hand bereits meinen Schritt, die Linke meinen Busen.

„Komm ich will schwimmen gehen!" Schrie sie wie aus dem nichts.

„Jetzt?"

„Ja!" Sagte sie, bereits auf dem Weg zum Meer.

Ich sah ihr noch ein wenig nach und musste lachen. „Was für eine verrückte Nudel", dachte ich mir schmunzelnd.

Kurz vor dem Wasser blieb sie stehen, zog sich in Windeseile aus und sprang, mit einem fröhlichen Gekreische, in das kühle Nass.

„Komm, es ist herrlich!"

Meine Lust auf baden, hielt sich um die Uhrzeit in
Grenzen, nicht aber der Gedanke, was mich dort
erwartete. In derselben Geschwindigkeit wie sie
gerade, schoss ich dem Meer entgegen. Schon beim
Laufen entledigte ich mir sämtliche Kleidungsstücke.
Völlig nackt hechtete ich zu ihr und sprang in ihre
Arme. Genau an der Stelle, wo wir unterbrochen
wurden, machten wir weiter. Eng umschlossen küssten,
streichelten und befummelten wir uns. Der große
Moment stand kurz bevor. Da wir im Meer und
dadurch natürlich völlig nass waren, wusste ich nicht
genau, von was die Nässe in ihrer Muschi kam. Ich
hoffte natürlich, dass ich der Auslöser war. Mein
Zeigefinger strich immer weiter ihren Kitzler entlang,
ihrer war an meinem. Ohne uns aus den Armen zu
lassen, torgelten wir irgendwie an Land. Voller Geilheit
ging es dort weiter und sämtliche Schüchternheit, die
noch vor kurzem zwischen uns lag, war weg. Sie
liebkoste mich am ganzen Körper, ich genoss es wie
noch nie in meinem Leben. Jede einzelne Stelle wurde
ausgiebig betrachtet und geküsst. Als meine Füße dran
waren, hielt ich es nicht mehr aus. Natürlich wurde dies
auch von ihr wahrgenommen und so machte sie noch
intensiver weiter. Ihre Zunge glitt zwischen meine
Zehen, die Hände streichelten abwechselnd meine
Füße und die Schenkel. Ohne ein Wort zu sagen,
richtete sie sich auf und spreizte vorsichtig meine Beine

mit ihren Füßen und streichelte sie dabei überall. Breitbeinig, wie selten zuvor, beobachtete ich sie dabei. Einer ihrer Füße war bereits kurz vor meiner Muschi. Ich nahm ihn, leckte diesen nochmal so richtig nass und führte ihn selber zu meinem Kitzler. Erst vorsichtig, dann doch wilder, rieb ich mich damit. Jetzt war es wirklich so weit. Der Moment, auf den ich seit Monaten wartete, stand kurz bevor. Ich nahm meine Hand von ihrem Fuß und zog meine Schamlippen auseinander, um ihr Platz zu schaffen. Vorsichtig bohrte sie sich langsam vor. Es war so ein ungewohntes Gefühl, aber trotzdem irgendwie geil. Nach einer gewissen Zeit, war auch schon ein großer Teil in mir. Rein und raus, immer wieder, mal fester mal sanfter, waren die Bewegungen. Zusätzlich zu dem, machte ich es mir selber.

„Soll ich ganz reingehen?" Fragte sie mich bei einer kleinen Pause.

„Ich weiß nicht so genau, tut ein wenig weh!"

„OK, was soll ich machen?"

„Das von eben war so geil!" Antwortete ich und führte ihren Fuß wieder zu meinem Kitzler.

Wie ein wildgewordener Stier machte ich es mir damit. Ein lautes Aufstöhnen erschallte nach kurzer Zeit durch den türkischen Nachthimmel. Völlig erschöpft ließ ich den Fuß in den Sand fallen und sackte beinahe zusammen.

„Das war so geil!" Murmelte ich nach einer kurzen Verschnaufpause.

Genau das, was sie gerade eben bei mir machte, wollte ich auch tun. Ich führte meinen Fuß zu ihrem Mund, streichelte mit dem anderen abwechselnd den Busen und ihren Schritt. Sie zog ihn weg!

„Ich glaube ich kann das doch nicht!" Sprach sie leise, als ich gerade dabei war, in sie zu gehen.

„Warum nicht?"

„Wegen meinem Freund!"

Irgendwie konnte ich sie verstehen, mir ging es ja genauso. Ein schlechtes Gewissen breitete sich aus.

„Aber geil bist du doch?" Fragte ich vorsichtig.

„Ja klar bin ich das, und wie!"

„OK. Ich kombiniere. Du bist geil, hast aber ein schlechtes Gewissen deinem Freund gegenüber. Hast du das auch, wenn du es dir selber machst?"

„Nein, natürlich nicht. Mache ich oft, wenn er nicht da ist."

„Ist er jetzt da?"

„Nein!"

Allmählich wusste sie, auf was ich hinauswollte.

„Ah, du meinst ich soll es mir selber machen?!"

„Kluges Kind!" Sprach ich und gab ihr einen Kuss auf die Stirn.

Sie fing das Überlegen an und konnte auch nach einer gewissen Zeit keinen Grund finden, der dagegen sprechen würde.

„Ok! Mach ich! Willst du mir dabei zusehen?"

„Ich kann gerne hinter die Dünen gehen und wieder kommen wenn du fertig bist. Wie du willst."

Wieder wurde überlegt.

„Würde mich freuen, wenn du bleibst!"

Ich nahm ihre Hand, küsste sie und befeuchtete leicht den Mittelfinger.

„Viel Spaß!"

Ich begab mich in den Schneidersitz, legte ihren Kopf auf meine Beine und sah dabei zu, wie sie es sich selber machte. Von dieser Position konnte ich alles genau erkennen. Ihren Mittelfinger, der immer heftiger arbeitete und den Kitzler verwöhnte. Das alleine genügte anscheinend nicht, denn nur wenig später vergrub er sich in die warme Grotte. Mit leichtem Gestöhne fickte sie sich selber zum Höhepunkt und war nach ein paar Minuten genauso befriedigt wie ich.

„Hätte es dir gerne gemacht!" Sprach ich, als wir uns wieder anzogen.

„Ich weiß. Konnte aber echt nicht!" Erwiderte sie.

Händchenhaltend gingen wir in unser Hotel und verbrachten die Nacht zusammen. Keinen Sex, nur in einem Bett schliefen wir gemeinsam.

Am nächsten Morgen war der Urlaub dann auch wieder vorbei. Meine Familie sah mich, nach neun Tagen, auch mal wieder und so flogen wir alle gemeinsam nach Hause. Natürlich kamen bei uns beiden die Tränen, als der endgültige Abschied nahte. Festumschlossen standen wir vor dem Auto ihres Freundes, der sie abholte. Ein wenig blöd schaute er schon aus der Wäsche, als er uns so sah, wurde aber auch recht zügig aufgeklärt.

„Darf ich vorstellen. Das ist Svenja, habe ich im Urlaub kennengelernt!"

Wir gaben uns die Hand und heuchelten, dass wir uns freuen würden. Er traute dem Braten nicht so richtig, ich war eifersüchtig auf ihn. Schließlich war er es, der gleich mit ihr davonfährt und nicht ich.

Die ersten Monate schrieben wir uns noch regelmäßig Mails, oder telefonierten miteinander. Nach und nach wurde der Kontakt aber immer weniger und nach einem halben Jahr, schlief er ganz ein.

„Echt schade", dachte ich mir, als ich nach langer Zeit mal wieder die Urlaubsfotos ansah.

Kapitel 6: Swingerclub.

In der Beziehung mit meinem Freund gab es keine Veränderungen. Er konnte nach wie vor sich nicht mit meinem Fetisch anfreunden, ich war es leid immer das Gleiche zu machen. Aus diesem Grund trennten wir uns auch, was mir aber nicht viel ausmachte. Endlich konnte ich das machen, was mir Freude machte. Diesen neu gewonnenen Freiraum konnte ich nur leider nicht nutzen, aber nur aus einem Grund, aus Zeitmangel. Meine Ausbildung begann und ich stresste mich selber total hinein. Jedem wollte ich es recht machen. Meinem Chef, den Kollegen, einfach jedem. Auch nach Feierabend arbeitete ich mich noch freiwillig in die ganze Materie ein, so blieb keine Zeit für etwas anderes. Selbst den coolen Typen vom See musste ich immer absagen. Ich fühlte mich eigentlich super wohl in dieser Firma. Der Boss war klasse, meine Kolleginnen immer freundlich und lieb zu mir. Nach drei Monaten, in denen ich endlich die Probezeit bestanden hatte, kamen die Damen auf eine glorreiche Idee, die sie mir auch sofort in der Kaffeepause mitteilten.

„Ich glaube es ist Zeit!" Sprach die Kollegin, mit der ich ein Zimmer teilte.

„Ja, das denke ich auch!" Erwiderte die persönliche Assistentin vom Chef.

„Darf ich mal fragen, um was es denn überhaupt geht?"
Fragte ich, leicht genervt.

Es dauerte nicht lange, da wurde ich aufgeklärt. Ein
besonderes Ritual wurde eingeführt und jede neue
Mitarbeiterin musste sich diesem unterziehen.

„Aha, und was für eins?" Fragte ich, immer noch
sichtlich genervt.

„Nach der Probezeit gehen alle weiblichen Mitarbeiter
in einen Club!"

„Ja cool. Tanzen war ich schon lange nicht mehr. Geiles
Ritual, "dachte ich mir.

„In einen Swingerclub!" Ergänzte meine
Lieblingskollegin den Satz.

„Bitte was?" Kam es, mit einem großen Schluck Kaffee,
aus mir heraus.

Ich wurde nun endgültig aufgeklärt. Jede neue
Mitarbeiterin musste mit den anderen einen
Swingerclub besuchen, und es mindestens einem Mann
machen. „Jede von uns hat das gemacht", meinte
meine Lieblingskollegin.

„Du bist verheiratet und hast zwei Kinder!" Sprach ich
erschrocken.

„Die waren natürlich nicht dabei!" Kam es trocken zurück.

Gott sei Dank war die Kaffeepause vorbei und so konnte ich das alles sacken lassen. Immer wieder schaute meine Kollegin verschmitzt zu mir herüber, als sie mich dabei beobachtete, wie ich ins Überlegen kam.

„Und wenn ich es nicht mache, was passiert dann?" Fragte ich nach einer langen Zeit des Grübelns.

„Nichts! Gehörst halt dann einfach nicht zu uns!" Kam es trocken vom Nachbarschreibtisch.

„Was muss ich denn da machen?"

„Was du machst ist völlig egal. Du musst nur beweisen können, dass der Mann gekommen ist. Auf welchem Weg, ist uns völlig schnurze."

„Soll ich mit Sperma durch die Gegend laufen?"

„Das wäre sicherlich nicht schlecht, auf alle Fälle könntest du so beweisen, dass er gespritzt hat!"

„Also muss ich nicht mit ihm schlafen, sondern es geht auch Hand oder so?"

„Unser Chef wusste schon, warum er dich eingestellt hat. Kluges Kind!"

Gut, jetzt wusste ich wenigstens um was es ginge und konnte mir in Ruhe überlegen, ob ich das machen wollte. War es das wirklich wert? „Ja!" Beschloss ich nach einer kreativen Denkpause. „So schlimm ist es nun auch nicht und ein wenig Spaß macht es bestimmt auch", überlegte ich und gab auch so meinen Entschluss bekannt.

„Ja cool!" Dann machen wir gleich was aus für nächsten Freitag." Sprach die Chefsekretärin und bestellte zugleich einen Tisch im Club.

Ich war dann doch ein wenig aufgeregt, als wir alle zusammen vor der Tür dieses Clubs standen. Alle sahen mich an, wie einen Täufling, der gleich in die Gemeinde aufgenommen werden sollte. Eine Kollegin sah meine Unsicherheit und kam zu mir herüber um mich in den Arm zu nehmen.

„Mach dir keine Sorgen. Du schaust so unglaublich sexy aus, du findest schon einen!" Flüsterte sie mir ins Ohr.

Gut, diese Befürchtung hatte ich nun wirklich nicht, eher die, dass ich kotzen müsste wenn mich einer dieser Säcke anfassen sollte. Keiner, aber auch wirklich keiner gefiel mir nur ansatzweise. Wir saßen uns an den Tisch, der für uns reserviert wurde und sahen dem Treiben belustigt zu. Jede meiner Kolleginnen hatte ein

Button auf der Brust, mit einem besonderen Zeichen darauf. Insider wussten, dass ein Ansprechen unerwünscht sei. Nur ich hatte diesen natürlich nicht und deshalb war auch reger Besuch zu verzeichnen. Alle drei Minuten stand ein anderer Kasper vor mir und versuchte mich ins Zimmer zu schleppen. Auch nach zwei Stunden war keiner dabei, der nur halbwegs meinen Ansprüchen entsprach.

„Komm, der an der Bar ist doch ganz süß!" Meinte meine Lieblingskollegin.

Ich sah zu ihm herüber und konnte diese Meinung teilen. Wenigstens war er nicht ganz so ekelig wie die anderen Männer.

„Komm geh mal zu dem rüber!" Sprach die aufgebrachte Meute.

„Wenn der seinen Saft loswerden will, soll der gefälligst zu mir kommen!"

Lautes Gegröle entbrannte von unserem Tisch. Genau solche schmutzigen Sprüche wollten sie von dem Küken hören. Jetzt kamen sie so richtig in Fahrt und winkten den Typen zu unserem Tisch, der natürlich auch sofort kam.

„Die Kleine will dich entsaften!" Sprach die Chefsekretärin nicht mehr ganz nüchtern.

Ein Fußballclub auf Mallorca hatte mehr Niveau, als wir gerade in diesem Moment.

Er sah mich an und fing das Lachen an.

„An mir soll es nicht scheitern!" Sprach er trocken.

„An ihr auch nicht!" Grölte es von unserem Tisch.

Acht Hände packten meinen Arm und zogen mich zu ihm. Ich sah ihn mir genauer an und empfand ihn als geringstes Übel.

„OK, wohin sollen wir gehen? Kenne mich hier nicht aus!" Sprach ich zu ihm.

Er nahm meine Hand und führte mich in ein Zimmer, das eigentlich ganz nett aussah. Wie zwei Teenager saßen wir auf dem Bett und wussten nicht so recht, was wir machen sollten. Nach einer Viertelstunde unterbrach ich das Schweigen und erzählte ihm, warum ich eigentlich hier wäre. Er hörte sich alles genau an und musste lachen.

„Da sagt man immer, Männer sind Schweine!"

„Ja kann sein, aber ich brauch irgendwie dein Sperma, sonst kann ich mich morgen in der Arbeit nicht mehr blicken lassen!"

„Ich bin ein Mann und in einem Swingerclub. Für was glaubst du habe ich 150 Euro ausgegeben?"

„Poppen?" Kam schüchtern meine Gegenfrage.

„Genau!"

„Gut, kann ich nachvollziehen. Auf was stehst du denn?"

„Soll ich jetzt alles aufzählen?"

„Ja, vielleicht ist ja etwas dabei, mit dem ich leben könnte."

„Also ich steh auf: Anal, Verkehr in verschiedenen Stellungen, NS,KV, SM, usw."

Die letzten Abkürzungen sagten mir überhaupt nichts. Mit ihm zu schlafen konnte ich mir wirklich nicht vorstellen, dafür war er einfach nicht mein Typ.

„Mehr nicht?"

„Doch eines gibt´s schon noch, aber das willst du

bestimmt nicht."

„Was denn?"

„Füße!"

Habe ich gerade richtig gehört, hat er Füße gesagt?" Ich musste wohl so einen bescheuerten Gesichtsausdruck gehabt haben, dass er seinen Vorschlag gleich wieder verwarf.

„Ne, lass mal hören, klingt interessant, habe ich noch nie gemacht!" Stellte ich mich doof.

„Du könntest mir mit deinen Füßen einen runterholen!" Meinte er sichtlich erregt. Ich nutzte bereits die Zeit, um mir meine Schuhe auszuziehen. Er konnte das Objekt seiner Begierde bereits sehen.

„Was hältst du davon? Du spielst ein wenig daran und machst es dir selber. Kurz vor dem Kommen ziehst du sie zu dir und spritzt darauf. Dann hat jeder das, was er braucht. Du meine Füße, ich dein Sperma."

Er überlegte kurz, sah wieder zu mir und verneinte.

„Warum nicht?" Fragte ich doch leicht verwundert.

„Deine Schuhe!" Kam nur verstümmelt aus ihm heraus.

„Wie meine Schuhe?"

„Auf deine Schuhe möchte ich spritzen!"

Ich sah sie mir an, überlegte kurz was die gekostet
hatten und sagte dem Ganzen zu. Auch von dort
konnte ich sein Sperma abkratzen und es der
wartenden Menge präsentieren.

„Eine Bitte hätte ich aber noch!" Sprach er, griff in
seine Hosentasche und holte eine Packung
Gummibärchen heraus. Schnell wurde die Tüte
geöffnet und eines herausgeholt.

„Kannst du damit bisschen spielen und nachher drauf
treten?"

„Wie meinst du?"

„Zwischen deinen Zehen, es reiben und damit spielen!"

Ich dachte ich hätte schon alles erlebt in Sachen
Fußerotik, das kannte ich aber noch nicht. Ich nahm ein
rotes Gummibärchen (passte sehr gut zu der Farbe
meines Nagellackes) und führte es zwischen meinen
großen Zeh. Er beobachtete mich und fing zeitgleich
das Fummeln an seiner Hose an. In der linken Hand
hielt er meinen Schuh, in der Rechten seinen Schwanz,
den er bereits zur vollen Größe wichste. Immer heftiger
bearbeitete er sein Glied, roch intensiver an meinem
Schuh und forderte mich auf, auf das arme

Gummibärchen einzudreschen. Ich stand auf, schleuderte das Teil auf den Boden und trampelte wie eine Bekloppte darauf. Das musste wohl sehr gut angekommen sein, denn nur wenige Sekunden später landete sein Sperma auf meinen Schuh. Ich ließ ihm noch etwas Zeit sich zu entspannen und vernaschte den Rest der Gummibärchen aus seiner Tüte. Es war nur eine kleine, musste schließlich ein wenig auf meine Figur aufpassen. Nach fünf Minuten, in denen er sich auspumpte, konnte ich endlich wieder meine Schuhe haben und zog diese auch ziemlich zügig an. Man konnte nie wissen, was er alles noch damit vorhatte.

„War echt geil, das Spielchen!" Log ich ihn an als wir wieder aus dem Zimmer gingen.

„Hier sein Sperma!" Schrie ich lauthals und stellte meine Schuhe auf den Tisch. Die bereits schon sehr angetrunkenen Damen, betrachteten meine Treter und konnten mich nur noch beglückwünschen.

„Willkommen im Club!" Umarmte mich meine Lieblingskollegin, die Chefsekretärin konnte nichts mehr sagen, denn sie fiel, rotzbesoffen vom Stuhl. Der Abend war dann echt noch ganz nett. Viele meiner Kolleginnen wurden, trotz ihres Buttons noch abgeschleppt, was aber keine am nächsten Tag zugeben wollte. Ich war glücklich, endlich als vollwertiges Mitglied, in dieser Firma arbeiten zu dürfen.

Natürlich beschränkte sich meine Suche nicht nur auf Fußerotik, aber diesen Fetisch habe ich immer noch und übe ihn auch sehr gerne aus, wenn sich die Gelegenheit dazu ergibt.

-    Ende   -

Demnächst im Handel:

Weitere Bücher von Chris T.

„Sandra, Erfahrungen einer Hobbynutte"

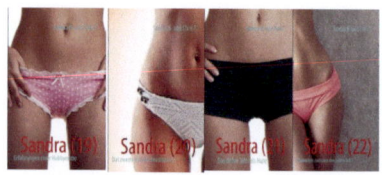